PRISE ET INCENDIE

DE

CHATEAUDUN

PRISE ET INCENDIE

DE

CHATEAUDUN

RAPPORT

ADRESSÉ A M. LE MAIRE DE CHATEAUDUN PAR LE CAPITAINE
DE LA COMPAGNIE DE SAPEURS-POMPIERS

CHATEAUDUN

IMPRIMERIE H. LECESNE, RUE DU CHATEAU-GAILLARD

—

1871

PRISE ET INCENDIE

DE

CHATEAUDUN

RAPPORT

ADRESSÉ A M. LE MAIRE DE CHATEAUDUN PAR LE CAPITAINE
DE LA COMPAGNIE DE SAPEURS-POMPIERS

Le dimanche 16 octobre 1870, le capitaine réunissait la compagnie de sapeurs-pompiers à l'Hôtel-de-Ville, pour établir les divers services. Après qu'il eut fait appel aux hommes qui, sous ses ordres, voulaient faire le coup de feu, les sapeurs ci-après se présentèrent : MM. Perrault, sergent-fourrier, Riet Adolphe, sergent porte-drapeau, Chesny, caporal, Dantan, Coursimault, Houdin, Serrand, Galerne, Duhamel fils, sapeurs.

Le surplus de la compagnie fut divisé en trois sections, pour faire le service des pompes qui avaient été réparties dans les différents quartiers de la ville. A ce service furent attachés les sergents honoraires Chevauchery et Fouché, qui vinrent offrir volontairement leur concours.

La première pompe, commandée par le lieutenant Clément, était placée à l'angle des rues de Bel-Air et de Jallans ; elle devait être desservie par les sergents Ad. Petit, Bourgeois-Lorier et Chevauchery, par les caporaux Pointdedette, Deniau et Ligneuil, et par les sapeurs Brûlé, Normand, Juquelier père, Pivard et Riet père.

La deuxième pompe, sous les ordres du sous-lieutenant Gougeon, devait occuper l'angle des rues du Guichet et de la Madeleine, avec le sergent Leclerc, les caporaux Duhamel et Rebours, les sapeurs Brosseron, Hermeline, Villette, Peillier, Pohu et Lange.

Enfin, la troisième pompe, confiée au sergent-major Vallée, était placée à l'angle des rues de Saint-Valérien et Lambert-Licors ; le service devait en être fait par les sergents Gautier et Fouché, par le caporal Fidry et par les sapeurs Juquelier-Lejars, Juquelier fils, Jouanneau, Poussard, Colliot, Hervet et Brière.

Le lundi 17 octobre, dans la matinée, on s'assurait du fonctionnement régulier des pompes, et il était recommandé aux habitants de faire des provisions d'eau, notamment dans les greniers, afin de pouvoir éteindre à la main, dès le début, les incendies occasionnés par les obus.

Dans l'après-midi du même jour, des cavaliers prussiens allumaient deux incendies aux hameaux de

Menainville et de Bassonville, commune de Lutz. Le lieutenant Clément y partit avec sa pompe, accompagné du sergent Leclerc, du caporal Fidry et des sapeurs Coursimault, Dantan et Pivard. Les pompes de Lutz et de Châteaudun se bornèrent à garantir les bâtiments voisins du feu.

Dans la nuit, des flammes qu'on aperçut dans la direction de Jallans mirent encore en alerte ; mais le feu ne dura qu'un instant, et la pompe, partie sous les ordres de M. Gougeon, rentra immédiatement.

Ces incendies n'étaient que le prélude du désastre qui allait frapper la ville de Châteaudun, où toutes nos précautions étaient prises, bien qu'on ne s'attendît pas à une attaque aussi prochaine.

Dès le lendemain, mardi 18 octobre, à midi, l'ennemi était en vue et prenait ses positions autour de la ville. Après avoir entendu les premiers coups de canon, on vit bientôt la toiture des maisons voler en éclats sous le choc des projectiles lancés par l'artillerie : c'était le bombardement qui commençait, pour durer jusqu'à sept heures du soir. Aussitôt, les sapeurs-pompiers coururent à leurs postes.

Aucun poste n'ayant été assigné à l'avance aux défenseurs de la ville par le commandant des francs-tireurs de Paris, le comte de Lipowski, le capitaine marcha immédiatement sur la ligne du chemin de fer, pour appuyer les gardes nationaux déployés en tirailleurs. Mais les forces supérieures de l'ennemi l'obligèrent à se replier vers l'intérieur de la ville. Alors il se plaça à la barricade de la rue de Jallans encore inoccupée, et là il réunit sous ses ordres 26 francs-tireurs de Paris, 12 francs-tireurs de Nantes et des Alpes-Maritimes, quelques gardes-nationaux, le caporal des sapeurs-pompiers Chesny et le sapeur Houdin. Les autres volontaires de la compagnie se placèrent précipitamment à différentes barricades, sous les ordres des officiers de la garde nationale.

A dix heures du soir, lorsque toutes les barricades furent abandonnées et que les Prussiens eurent pénétré dans la ville, le capitaine se rendit à l'hôtel-de-ville pour prendre les instructions de M. le Maire. Ce magistrat lui donna l'ordre de se replier pour sauver les hommes qu'il commandait, et il opéra sa retraite vers Crépainville.

La pompe commandée par le lieutenant Clément fonctionna d'abord au magasin de M. Pichot, rue de Saint-Valérien, où le feu cessa promptement. La pompe fut ensuite placée au pied de l'église ; mais des obus dirigés sur le clocher firent tomber une telle quantité de pierres qu'il fallut changer de position. A ce moment, le sapeur Riet père fut atteint d'un éclat d'obus à la tête ; la visière de son casque avait amorti le choc, mais il n'en fut pas moins obligé d'aller faire panser sa blessure.

A la nouvelle que le feu venait de prendre dans la toiture de la maison de M. Lecesne, imprimeur, située

à l'angle des rues d'Angoulême et de Blois. M. Clément
fit transporter sa pompe sur le carrefour du Hasard,
et, avec l'aide de plusieurs personnes de bonne volonté,
il combattit l'incendie au milieu de la grêle de projectiles dont cette maison était criblée de deux côtés à la
fois. Après un travail de deux heures, on se rendit
maître du feu ; les planchers du deuxième étage furent
couverts d'eau et l'on procéda au sauvetage d'objets
mobiliers. Mais l'ennemi n'avait pas encore accompli
son dernier acte ; plus tard, voulant achever leur
œuvre de destruction, des soldats prussiens mirent le
feu à la main dans cette maison que la pompe avait
préservée.

On apprit ensuite qu'un incendie avait éclaté dans
l'atelier de reliure de M. Pouillier, situé rue du
Château-Gaillard. La pompe fut placée devant le
magasin, rue d'Angoulême, où elle fonctionna jusqu'à
sept heures et demie du soir, moment où la fusillade
qui avait lieu sur la place Royale vint faire siffler les
balles à l'oreille des travailleurs et percer la pompe
en plusieurs endroits. On continua de jeter quelques
seaux d'eau sur le feu pour en arrêter le dévelop-
pement. Les pompiers se retirèrent dans la maison
pour y passer la nuit. A six heures du matin, au moment
où il se disposait à emmener sa pompe, le lieutenant
Clément fut appelé à fournir des explications au poste
ennemi ; on le laissa circuler tout en retenant le jeune
Duhamel prisonnier pendant quelques heures. Plus
loin, un nouveau groupe de Prussiens obligea les
pompiers à abandonner la pompe ; deux d'entre eux,

Chevauchery et Brûlé, furent requis pour démolir des barricades.

La pompe dirigée par le sergent-major Vallée, éteignit le feu à deux reprises différentes dans la maison de M. Bougeâtre, rue de Saint-Valérien, et ne fut abandonnée que lorsque les Prussiens eurent franchi les barricades voisines. C'est peu de temps après avoir travaillé à cette pompe, que le caporal honoraire Charles Petit fut frappé mortellement rue Lambert-Licors. Tout ce quartier recevait les projectiles des batteries placées derrière la gare.

Dans le quartier de la Madeleine, où les obus étaient envoyés par les batteries placées à Saint-Aubin et près de la Guinguette, la pompe n'eut pas à fonctionner; quelques seaux d'eau suffirent pour arrêter les commencements d'incendie. M. Lumiere, maire de la ville, et M. Humery, conseiller municipal, n'avaient pas cessé, depuis le commencement du combat, d'éteindre le feu communiqué par les obus qui tombaient à chaque instant sur l'Hôtel-de-Ville, principal objectif de l'artillerie prussienne.

A la chute du jour, le sous-lieutenant Gougeon se rendit sur la place Royale pour reconnaître la position des maisons incendiées : rue d'Orléans, l'ancienne fabrique de couvertures, appartenant à M. A. Gouin, était en flammes. Ce bâtiment et quelques autres, situés au-delà des barricades, durent être abandonnés.

D'ailleurs, comme l'ennemi voulait propager le feu par les moyens les plus barbares, tout secours était impossible. Ainsi, après s'être gorgés à l'hôtel du Grand-Monarque, les Prussiens mirent le feu dans toutes les chambres de ce bel hôtel, dont ils firent un monceau de ruines. Dans la rue de Chartres, ils poussèrent l'atrocité jusqu'à incendier le lit d'un vieillard, qui fut brûlé vif.

Plusieurs pompiers du quartier de la Madeleine, le sergent Leclerc, le caporal Duhamel et le sapeur Villette prêtèrent leur concours à la pompe installée rue d'Angoulême, chez M. Pouillier, libraire.

Une partie des habitants se réfugia pendant la nuit à l'hôpital. Le sous-lieutenant Gougeon s'y rendit également. Là, il apprit que des projectiles avaient été dirigés sur cet édifice, au milieu des salles de blessés, malgré la présence du drapeau de l'Internationale qui flottait en vue des batteries prussiennes. Le garde national Bonneval-Mallet, qui venait de ramener un franc-tireur mutilé, fut atteint mortellement par un obus dans sa maison, située derrière l'hôpital.

A partir de ce moment, l'officier de pompiers jugea prudent de conserver sa pompe dans le voisinage, et, plus tard, lorsque le feu menaçait d'embraser la ville tout entière, il la fit amener sur la place de la Madeleine. Vers minuit, allant reconnaître les progrès de l'incendie, il vit des soldats prussiens attisant le feu au carrefour du Grand-Monarque.

Pendant le reste de la nuit, les Prussiens campèrent sur la Place, sans aller au-delà; il en gardèrent seulement les issues du côté de la Madeleine. Le 18 octobre, l'ennemi n'avait donc pris possession que d'une moitié de la ville.

Le lendemain, à six heures du matin, le sous-lieutenant Gougeon accompagna MM. le docteur Anthoine, Sence, juge de paix, Gorteau, juge, et Montarlot, substitut, qui allèrent parlementer avec les chefs de l'armée prussienne pour demander la cessation des hostilités et l'autorisation d'éteindre les incendies. Un sauf-conduit délivré par le général fut remis à l'officier de pompiers, lequel partit immédiatement chercher sa pompe sur la place de la Madeleine. L'uniforme n'était pas sans danger à ce moment, car un officier prussien menaça de son révolver le sous-lieutenant Gougeon, qui exhiba aussitôt le sauf-conduit dont il était muni ; cette pièce lui permit encore de faire relâcher plusieurs prisonniers.

La pompe fut amenée rue d'Orléans, où des maisons n'étaient pas encore atteintes ; malheureusement, tout le monde ayant fui, les bras manquèrent, et on ne put arrêter les ravages du feu dans les maisons encore intactes près de la rue du Sépulcre. D'ailleurs, les Prussiens eurent encore la barbarie de mettre le feu dans plusieurs de ces maisons (magasins Laplanche, Bourgeois et Main) dans la soirée du 19, c'est-à-dire après que la ville eut satisfait aux réquisitions demandées.

La pompe se porta ensuite rue de Chartres et à l'hôtel de la Place, où elle put arrêter le fléau.

Le lieutenant Clément, qui avait été forcé d'abandonner sa pompe le matin, fut prévenu que l'extinction des incendies était autorisée ; et, aussitôt après, cet officier plaça une pompe à l'angle des rues de Bel-Air et d'Orléans. Mais des obstacles de toutes sortes retardaient la marche des secours : l'armée prussienne prenait possession de la ville, envahissait toutes les rues, empêchait la circulation des pompes et arrêtait souvent les pompiers pour les faire prisonniers. M. Clément, retenu pendant quatre heures, ne fut relâché que sur la présentation du sauf-conduit. Comme l'ennemi n'avait pu saisir aucun combattant les armes à la main, il prit, le lendemain, des hommes inoffensifs au seuil de leurs maisons ou dans les rues ; voulant avoir des prisonniers quand même, il emmena des vieillards et même des infirmes. Il usa aussi d'un stratagème infâme pour prendre les gardes nationaux : après avoir enjoint à tous les habitants de rendre les armes, sous peine de mort, les soldats prussiens arrêtèrent des gardes nationaux qui portaient leurs armes à la mairie.

Toute la journée et la nuit suivante, les sapeurs Duhamel père et fils, et Dantan, travaillèrent constamment à la pompe. Le jeune Duhamel accomplit en outre plusieurs sauvetages : seul, il descendit dans la cave de M. Lucas, rue de Chartres, d'où il retira quatre personnes ; à l'hôtel de la Place, il fit sortir trois chevaux de l'écurie en flammes.

Le jeudi matin, au moment de leur départ, les

Prussiens incendièrent encore, près du Champdé, des *maisons qui les avaient abrités pendant deux jours*. Mais des secours apportés promptement arrêtèrent les progrès du feu dans ce quartier.

La pompe de Saint-Denis-les-Ponts arriva ensuite, amenée par le lieutenant Leconte, qui n'avait pu rencontrer un seul pompier dans sa commune, envahie la veille par l'ennemi. Il plaça sa pompe rue de Blois, prit lui-même la lance en main pour éteindre le feu qui gagnait les caves ; mais, peu de temps après, un jet de feu lui brûlait le visage et l'obligeait à quitter son poste.

Des pompiers de Thiville vinrent, dans la soirée, pour remplacer pendant la nuit les pompiers de Châteaudun, épuisés de fatigue. Sous la direction du capitaine Géray, ils s'établirent rues Dunoise et du Sépulcre, et surveillèrent l'hôtel de la Place, toujours menacé.

Les jours suivants, les pompes ne servirent qu'à éteindre les foyers incandescents, et l'on commença les déblaiements.

L'incendie a détruit, dans l'intérieur de la ville, 235 propriétés bâties, et aux abords de Châteaudun, la maison de Mondoucet et le hameau de la Guinguette.

Les obus ont mis le feu dans huit bâtiments seulement ; trente ont été détruits par le contact des maisons voisines ; enfin, 197 maisons ont été brûlées par la main des Prussiens. Des traces d'un grand nombre de commencements d'incendie, découvertes depuis, attestent que l'ennemi voulait encore augmenter le désastre, lequel a été en partie achevé par le pillage des maisons restées debout.

Quinze personnes ont péri dans les flammes ou ont été asphyxiées dans les caves. Plus de 300 maisons ont été atteintes par le bombardement.

Les pertes matérielles, causées tant par l'incendie que par le pillage et le bombardement, pourront atteindre cinq à six millions de francs.

En résumé, un sapeur honoraire de la compagnie de pompiers, Charles Petit, a été tué ; et le pompier Riet père a été blessé légèrement. Le sapeur Coursimault, qui avait voulu faire le coup de feu, a été emmené prisonnier ; cet ancien militaire du 101e de ligne, déjà mis à l'ordre du jour de l'armée pour sa belle conduite pendant la guerre de Chine, est digne de toute l'attention du Gouvernement.

La compagnie verrait également avec plaisir récompenser le dévouement du jeune pompier Duhamel fils.

Le capitaine commandant la compagnie
de Sapeurs-Pompiers de Châteaudun,

Chevalier de la Légion d'honneur,

GÉRAY.

Plusieurs médailles honorifiques ont été demandées par le capitaine, notamment pour le lieutenant Clément.

43